幻花の空

橋浦洋志
Hashiura Hiroshi

資料改竄事故隠蔽内部告発
独占虚言恫喝恐喝隠蔽報道
賄賂宴会退去命令人権強奪
議員無策地方自治生命軽視
下請苛酷社長会見電源喪失
想定論争国土破壊企業犯罪
情報偽装原子力村水素窒素
炉心溶融最悪爆発避難勧告
安全宣言基準不明汚染全国
火災密室会議廃棄不能埋立
破廉恥罪最新技術不良商品

砂子屋書房

*目次

挿画・十河雅典
装本・倉本　修

詩集

幻花の空

季語

マグマに浮かぶ
島が
天地が定まらないコマのように揺れる

吹き飛ぶブラックボックス

資料改竄事故隠蔽内部告発
独占虚言恫喝恐喝工作報道
賄賂宴会退去命令人権強奪
議員無策地方自治生命軽視
下請苛酷社長会見電源喪失
想定論争国土破壊企業犯罪
情報偽装原子力村水素窒素
炉心溶融最悪爆発避難勧告
安全宣言基準不明汚染全国
火災密室会議廃棄不能埋立
破廉恥罪最新技術不良商品

差別労働身元確認複雑構造
輸入知識議論不在利権怠惰
遺憾深謝利益確保株主総会
測定値不統一水泳運動砂場
校庭教室生徒児童通学幼児
妊婦母乳教師検出献金学者
計測漏水破断自衛隊訓練日
協力社員核兵器臨界研究者
論文制御確率計算放射線量
公共非常時態燃料緊急停止
義務送電格納容器沸騰水型

修復粗末暗黙単位深刻不快
推定積算地図圏内圏外風向
距離想定外怠慢瓦解信頼度
東京電力広報過信傲慢地震
保安院検査定期長官発電機

海を背景に
真っ黒な固まりが北北西に流れる
　近づかない逃げて冷やして食べないで
なんと分りやすい
そして

空からバケツで水なんて
ねじ曲がった咽の奥からの
「水をください」という声に応じて
日本の空に
ヘリコプターが
季節はずれの蜻蛉が
水滴を抱えて舞いあがる
なんと可憐な光景
蜻蛉が細い足の力をぬくと
滴がくずれ
もののあはれが

豊葦原の空に流れて

海岸線がずれ
ぼうぼうと叫ぶ山野が向きを変える
花見前線は進まない
地の裂け目から聞こえる呪文
　経済成長富国繁栄進歩
着飾った咳払いのようなことば
その先に落ちて固まる
黒い痰
ことばの底が抜けたのだ

運転浪費税金責任損壊耐震
震度設計疑惑策定放水水位
温度圧力冷却検証懺悔室長
解体再開工程屋内待避救援
降水降雪被曝影響収集外部
透視健康指針風評海水真水
建屋補償放出自殺経産官僚
海底海流防災震災天災人災
津波安心稼働率収束断層

ポンコツ湯沸かし器がぎしぎし軋む
瑞穂の国の
春

幻花

断層の上に咲き出る花はかすかな腐臭を放ち蜜蜂や蝶
の溶けた遺骸を抱えている誰がこの花を育てたか誰が
香しい匂いを風に乗せたのか引き寄せられたものたち
に一服の麻薬を打つことを習性にして咲き誇る巨大な
花は永遠の希望のように昼夜なく小さな僻村を照らす

幻視の快楽を誰が拒めるか富貴権勢の支配する荒野を
欲望と渇きに耐えながら何処まで行けるだろう不意に
朝霧の中から姿を見せる異国の無頼が虹色の未来図と
黄金を携えて怒濤の如く攻め入り希望の花の合金臭い
いっ時の夢を慎ましい胸の深くまで粗暴にも注ぎ込む

火山列島を取り囲む希望の灯り消えない炎宇宙の狐火
花びらは少しずつ色あせ漂う異臭は潮が洗ってくれる
断層が動くたびに炎は揺れて花びらが少し欠け落ちる
しかし一度見た残像は消えない花はいつも完全であり
無味無臭の衛生管理は島の住人の魂にまで及んでいる

管の針の先ほどの穴から漏れ出る青い汗をぬぐい取る
氏名曖昧な国の民が白い服に身を隠して送り込まれる
数多の血と骨とが花の腐葉土明るい都市の地下深くに
掘られた穴はないか絶えず漂白されそっと捨てられる
記憶の貝塚地が揺れる度に生臭い燐光が青白く炎立つ

花の根が断層に突き当たり根こそぎ倒れ花粉が僻村に
降り積もる人が去り餓えた家畜が倒れ込む園の小川を
追われた者の怨嗟の声が驟雨のように列島を叩くとき
明るすぎる蟻塚は崩れ泥の川となって海へ流れ始める
波に揺られる列島は千年の花の夢にうなされつづける

平成二十三年三月十一日金曜日

原発記念日・日本国家破壊の日

合金の種が蒔かれた囲繞地では神々さえも消毒される
追い出した者も追われた者もともに排除される植物園
蟻一匹這うことのない戒厳令の温室が昼夜をおかずに
花の開閉を管理しいつも満開に保たれた花束が遠くの
蹴散らされた蟻塚のような都市の明るすぎる鬱を灯す

腐った果実のように崩れ落ちた巨大な脳髄の暗闇から
ふんぷんとして空に舞い桜前線とともに空に満ちる霧
畑地には老いた神々が萎えた白菜のようにうずくまる
脳髄は嘘を鋤込まれた隠微な腐葉土の上に裂け傾いて
合金で作られた根は溶けてまだ残夢がくすぶっている

蛇がその尾を咥えるのは再生する命と知恵の象徴だが
それが愚かな毒蛇となれば話は変わる尾を噛みながら
陰惨な苦しみに痩せ干からびて砂浜の小波に漂うのだ
だがその狡猾なしぶとさなら蛇族でも引けを取らない
落ち窪んだ眼窩はなお再生への陰湿な光を宿している

柔らかな皮膚は思想の境界であり想像力の羊水なのだ
肉を破った科学の子の誕生はすでに疲労から始まって
ひびが割れ腐蝕が進むのは肉を破った者の宿命なのだ
親を嚙み殺すのは論理の子のこれも健全な病理であり
自ずと反抗は手のつけようもなく幼稚で自虐的である

本当のことには近づかない傲慢で溶けてしまった言葉
手入れを忘れた歯車仕掛けの聞こえないアラームの音
弔いの旗がもう美しいとは言わせない島国の雨の言葉
濃霧のなかの霊峰がかすれた版画のように捨てられる
戒厳令は海岸線に沿って点々と列島を取り囲んでいる

炉

粗暴に聖別された空間から松風の音が締め出され均一
な時間で塗り込められた巨大な城の敵意に満ちた門が
閉ざされて炉は奥深く隠される曲がった幾重もの管を
くぐって海へ捨てられる隠微な会話消化しきれない快
楽に嘔吐する街に向かって吹雪の城から電線が伸びる

大きな釜が降ろされ厚い地層の竜骨が潰される神々が
青菜のように萎え分厚い金属の祭壇に据えられる肥大
した脳髄重い扉の前で足跡が消され指紋が削られ仕草
が捨てられる表と裏を消毒された氏名不詳の骨が分厚
い釜底でしゃりしゃり音を立てるトラック一杯分の骨

巨大な釜の持ち主は老いたプルトン生の時間を支配す
る冥府の王釜には鉱石を精錬した細い柱の束と透明な
液体過酷な知の錬磨の中に痩せた身を沈め釜底で嫉妬
を玉座としキノコのように立ち昇る雲を夢想する真昼
の快楽を鼻を鳴らして嗅ぎ廻る黒い番犬がまた吠える

タツノオトシゴにも似た島国の背中と腹に点々と外敵
を威嚇する丸い釜底のような瘤文明に追いつく急激な
進化に疲れ怯えながら瘤がつくる猛毒を唾液腺に溜め
込む腺病質な文明のオトシゴ大陸から日に焼けた便り
が届くたびに瘤が発熱し波打ち際にうっすら嘔吐する

複雑に絡み合う知のウロボロスの銜え込んだ口が緩み
合金製のパイプから透明な体液が滴り落ちる複製され
た永遠が錆つき劣化した城の物語が破棄される傷つい
た永遠は自らの尾を激しく噛み砕く溶け始めた炉の底
に日の蝕のようなわずかに頭部をもたげるウロボロス

伝説

時の袋が裂けて狂暴な伝説が産み落とされ記憶の城を
越え奥深く進入する塩の舌が木一本残さず深みへ舐め
取り岬の空で固有の時がにわかに熟れて落ちる地の底
の濁った狂気を吐き出す獰猛な咽喉よせめてやさしく
歌え小波のように繰り返し黙する者達の物語を揺らせ

打ち寄せられた魂が砂の臥所に半身を埋め燠のように列島を明るませる崖上で傾いた櫓が葦のひそとしたそよぎに揺れ陰鬱な火祭は続いている永劫に絶えることのない火の中へ虚妄の希望を投げ入れよ私の明日を照らし出す不眠の夜に灯る業火だけが明るく永遠なのだ

大地を彷徨う鳥獣の重力を想念の薄い膜は支えきれない太古の塩と太陽によって鍛えられたほの暗く小さい命の内部それが私の内部とどれほどの違いがあるか内部と外部を貫くまっ直ぐな目と私の想念を計るとき獣は沈み私は跳ね上がる星々の秤の前で私は痩せほそる

鳥が騒がしく鳴き冬の日輪が明滅するこの時を誰が直
視できようか故郷を追われる者の声は礫のように散ら
ばり私の背中を打つ這いのぼる嘔吐が胸先を突き上げ
空が波打つおぼろげな地平をこちらへやって来るのは
草刈り族の長新月の夜に追放された伝説の襤褸の影か

草刈り人が寝首を掻くのは秋の実りの時だこの国の狡
猾な舌と稲穂を刈り取り燃やした灰のなかのひとつま
みの狂気草刈人は灰にまみれて姿を消したという伝説
は拒まれて言霊は凍り続ける森閑として底の抜けた私
の内部を落ちる鳥獣の目に希望という私の業火が灯る

脇腹

列島の脇腹に開いた穴破断した金属片で抉られた穴か
ら歳時記が漂流しはじめる春は花夏時鳥秋は風冬の月
酢味噌で和えた蕗の薹日に焼けた障子の向こうの庭雀
驟雨白雨時雨村雨雷雨の水溜まり溢れ出し千切れた季
語が黒ずんだ筏となって河口へ向かう止めどない流出

砕かれた肋骨千切れた鉄筋の先から滴り落ちる色も臭いもない虚無のしずく太陽系の沸騰する火をコンクリートに閉じこめた幻影の塔その継ぎ目から止めどなく流出する暗い血液を受け止める聖盃はどこだ知の使徒たちにまことしやかに言い継がれてきた黄金の聖盃は

風景の柱が折れ動けない家畜のように脚をたたみはじめる家の深い井戸の底に太古の日が溶け滾々と湧き出る泉ここへ来たれという囁きは聞こえず枯れた花のような沈黙が口を開けている風景が家ごと傾き花瓶が割れがらんとした牛舎を黒い影のような風が吹き抜ける

漂白され続ける囲繞地置き去りにされた物語足を踏み
入れる者は白衣を纏い気配を消し足元に転がった時計
を卓上に置く季節は動かず家は白い侵入者を拒んでい
る傷つき痛んだ天井から滴る鬱が点々と黴のように背
中に広がっていく運び出される物語が足元にこぼれる

季節はずれの大風道端に倒れた家畜見開かれた黒い瞳
に花びらが貼りついている鉄塔が揺れ信号機が点滅す
るもの言う口先でことばが千切れて消える耳の奥に居
ついている蟬が押し殺したような黒い声で鳴く流され
まいと大風が吹き込む列島の脇腹あたりで鳴き続ける

日

日の蝕は布地が燻るように海岸線から欠けて焦げ跡が
白い砂浜に残っている欠けた日は海に落ちたか姿を消
した人々が紛れ込んだ日の場所が重く垂れて旗よ浜風
が強くてもはためかず日がよく見えない白地に赤い日
の蝕は終わったか雲間から射す光の筋は揃っているか

太陽の実を冷水に漬けること二年ばかり発酵させた原液を砂礫の地層を通して濾過しポンプでゆっくり上澄みを汲む巨大なドラム缶でさらに三年熟成させ度数は二三億ベクレル雑味なし潮風に吹かれて貯蔵容器が劣化するも在庫処分は不可海水で割るのは手軽だが不可

日々繰り返し打たれる誘眠剤画面の中で同じ車が同じ道を何度も走る同じ唇を同じ口紅が何度も隈取る今日の無機質な同語反復が波のように心地良く列島を揺するのはマグニチュード9の余震か日に焼けた新聞紙の片隅には焦げ跡のような汚染地図震源は沈黙している

駅の記念スタンプ私は行ったのだろうか地図は欠け落ち記憶の穴に生い茂る夏草を掻き分けて鉄路を探すこから湿った枕木を踏んで草原深く辿らねばならない無人駅の小さな改札口で風の静けさと墨塗りの時刻表に立ち去った人影を捺し手元に持ち帰らねばならない

雪をいただき朝日に染まる富士雲の笠をかぶる富士六根清浄長蛇の行進が踏みつける富士猿山のような富士夜更けに身震いし鳴動し沸騰し盛り上がる石ころだらけの富士飛び上がって振り落とす富士松原の端っこにちんまり正座している富士避難列島の真ん中の富士山

語法

原子力村の業界用語利害集団の閉塞言語の中心に狷介
な沈黙がある沈黙を遣り過ごす馴れ合い言語の宴はた
けなわ利権の杯を回し飲み金勘定の折り合いは阿吽の
呼吸で決着する独り立ちできない日本語が盃を啜る口
元からこぼれ落ちる宴の後の哀しさが列島の空を彩る

温帯モンスーンの雨風に青田が打たれ鰯が軒を飾る村
大言壮語の杭が打ち込まれ絶対という聞き慣れない語
法が村人の口を封印する神々は明るすぎる語法に戸惑
い泥のように黙り込む行き交う得体の知れない都会の
大きな影故郷の言葉が稲穂とともに毟られ捨てられる

三匹の猿が互いに臭いを嗅ぎ合い目と口と耳を引搔き
合っている時折我に返ったように一斉に声を上げる迷
い込んだ猿が目と口と耳を切り取られ槍の先に吊るさ
れる道具を使う猿の習性ミザルイワザルキカザルを先
祖とするこの島の猿たち投げられたバナナの皮を剝く

慇懃無礼な態度でさせていただくのは背広を着た語尾
人間列島を縦断する幹線を長い語尾を引きずりせわし
なく行き来している引き取り手のない放射能廃棄物を
捨てる穴を掘らさせていただいているのは下北半島六
カ所村掘らさせていただいているお前はいったい誰だ

紋切型は言い回し上手の役人用で横文字型は知識変換
術に酔う学者用とは決まっているどちらにも主語がな
い人間の結び目がない後ろめたさと心地よさ麻薬のよ
うな浮遊感空転する言葉の増殖炉巨大パイプの継ぎ目
から漏れ出すテニヲハが風に乗って桜前線末だ迷走す

箱

黒船に脅かされて積み替えた中身は文明という名の軍
隊優勝劣敗の戦闘服荒波を乗り越え軍艦を押し上げた
大陸と島々に妄想と自死の虹を架け質朴な乗組員の心
身を餓死させた末裔が血族の薄暗い記憶から幻影を切
り出し箱舟の竜骨を組み上げる密閉された箱舟の楽園

箱に入れ袋に入れまた袋に入れるそれを袋に入れて口
を堅く結ぶ袋の袋に袋をかぶせ紐で縛る管理人が袋の
紐を解き袋の中の袋の口を開ける袋の袋の袋の中の箱
は嚙み砕かれ朽ちた木屑が袋の奥底にこぼれている袋
のネズミの行方は誰も知らない葬られたネズミが秘密

薄暗い記憶の襞に身を潜め日が当たると右往左往逃げ
惑う紙魚箱の底に仕舞い込まれた後ろ暗い事実を嗅ぎ
分け物語を食いちぎる紙魚古代の日の輪郭が食われて
変形し黒ずみ歪む日の蝕箱の底に点々と生みつけられ
た卵から孵化する権力の遺伝子歴史を貪る肥えた紙魚

海岸に伏せられた箱沸騰する危機と虚偽を押し込め暴
発した底抜けの箱に箱が被せられ密室のヒソヒソ話が
緑の山野と黄金の稲田を夜盗のように行き交い民草を
追い出した奴虚言で言いくるめ箱の中の虚偽を弾頭に
して打ち飛ばす隠微な妄想に密かに着火する奴は誰だ

盆栽に鋏を入れる音が踏み石に散っている池には落ち
葉が二つ三つ風だけが通り過ぎ奥の座敷の茶器の音と
咳と苔が明るんで日日是好日往来では舌を切られた雀
たちが跳ねるので箱庭の木漏れ日が揺れている物音の
しない空の下でパチンと植物の意志が切り落とされる

反歌

臥薪嘗胆富国強兵国民膨張民族協和創氏改名神州日本
仇討ちの因習山野にはびこり草木の夢も結ばず不眠の
島に妄想竹がにょきにょき雲を貫く不二の山うっとり
魂昇り空に突き出た岩場から四海を見渡す月の宴不老
不死の美酒に酔い天女と戯れ妄想の角がにょきにょき

共栄圏東亜新秩序鬼畜米英適性華僑食糧増産自活自戦
うるわし瑞穂の国青田吹く風日照り山背赤とんぼ煙棚
引く痩せ田んぼ米粒数え寝静まった月の夜赤いお札が
ひらひら案山子の顔に貼りつけば身ぐるみ剝がれた棒
切れたち一列に跳びはね跳びはね峠を越える新嘗の日

鎧袖一触王道楽土八紘一宇驕敵撃滅一億玉砕神機到来
この世を括る言の葉は我田引水唯我独尊勝つまでは負
けない高楊枝朝日に匂う桜花潔く散る命泥水飲んで腹
すかし啼いて血を吐く時鳥もらす忍び音墨塗られ隣三
軒両隣壁越しに聞き耳立てててときおり寂しい咳をする

永久抗戦挙国一致銃剣突撃三光政策言論統制怨復仇雪
弾が切れたら拳固で殴れ喉から血の出る大声が霞か雲
か豊葦原に棚引けばにょきにょき芽が出る唐言葉大和
言葉は風に流され役にも立たず積み上げられた漢の文
字威風堂々卒塔婆のように直立し雪という字が美しい

大東亜大日本帝国本土決戦神風特攻隊玉音放送総懺悔
言霊の幸う国群れなす蝗はびこりいち面の枯れ田んぼ
魂と肉体の嗜虐準備するゆえに我在りと思うことなく
ひび割れる島水漬く神々浮かぶ言の葉の舟のかなしき
長良大和伊勢日向五月雨三日月利根筑摩朝雲赤城吹雪

蜃気楼

頭上にぶら下がる薄い舌左右に揺れて能弁に砂混じりの正義を語る風が渡る森から片翼を傷めた黒い鳥が飛び立ち音もなく舌を食い千切る砂にまみれて舌はなお蠢きながら枯れ葉の影ように乾いていく静かな朝いつの間にかうす桃色の舌が青い空にわずかに覗いている

地図に線を引きあちらとこちらの公平な死の胸算用城の門をくぐる行商人黒い城では白い死を白い城では黒い死を床に並べ値札をつけて引き渡す門を出た行商人手元の地図にもう一本線を引き目指すは赤い城白黒混じった死を倍の値段で持ちかける正義の数が商売相手

人間が画面から消える無機質な死誰のものでもない死を正確に打ち込む快楽を無人の翼に乗せて標的を探し出す希少金属が組み込まれた脳味噌と皺深い手の猿生理に忠実な本能が好奇に震える指先でボタンに触れる飼い慣らされた猿の脳髄が人間の快楽に染まっていく

血の砂で出来た分厚い地層の中に戦車と原子炉が朽ち
ている風が吹くたびに斜面から転がる罅割れた喉仏神
を呼んだ痕跡が刻まれている肥大した頭蓋骨の内側に
は点し続けた夢想の跡か水の波形と何本もの黒い擦過
傷二足で立った衝撃とことばの炸裂が焦げ跡のように

日に焼けた顔が果実を囓り母音が飛び交う砂漠の市異
邦の神々の色とりどりの器で日に溶けた時を汲み夜に
は故郷の歌悲しみは細く喜びは太く歌声が闇を揺すり
神々が唱和する滅びの哀歌満々と月明かりが満ちる真
昼の蜃気楼いち面の砂の波の上で雲の神殿が崩落する

雨

歴史を超え常に無へ立ち返る聖なる地へ魂を捧げよ伝道師の言葉が雲間から驟雨のように降り注ぎ打たれるまま永遠の悦楽を夢見た地はいつの間にか大きな水溜まりとなり人々はただ水面に浮かぶ雲を眺めていたときおり立ち騒ぐ水鳥はうっすら血を流して姿を消した

整列する言葉整列する観衆整列する土砂降りの雨劇場
は行進する靴の重さに撓み雨は無言の魂を垂直に叩く
分厚い雨雲の彼方乾いた空に懸かった虹を追って断崖
へ向から止めどない人間の流出激流の果ての人間の落
下よ旗は誰もいない劇場で無傷のままにぬれそぼった

雨は兵士の指をぬらしその先の標的をぬらし引き金を
ぬらした廃墟の街を彷徨う男と女の足と背をぬらし痩
せた乳房をつたって乳飲み子の口元をぬらした雨は仰
向けに並べられた骸を叩き国境を越え地はまた乾きは
じめた堅い靴底で踏みしだかれた野花が乾いていった

林立するビルの底のベンチに骨が一つ寄りかかってい
る身を捨ててこそ浮かぶ瀬もあれ飢えと病の密林の底
に層なす骨国家の底が抜けて夜を散り散りに漂流する
骨見ているのは密林の枝葉の間から見た雨上がりの月
彷徨う旗のような月だ誰も座らないベンチに骨が一つ

民草が追われ雨にひたすら叩かれる故郷重なり合う雲
がギシギシ軋み喇叭が鳴り伝導師がやってくる整列を
強いられた魂の沈黙に愛を強いる者故郷の土深くに原
発の記憶を埋め免責を強いる者何があろうとも傷つか
ない日の本の花鳥を従えて雨が激しく喇叭に降り注ぐ

北へ

敗残の会津流浪の果ての斗南に根を張る民心を流産させ製鉄基地石油備蓄基地原子力船陸奥実験基地の妄想を密売人のように握らせ北の大地の神々を引き回し窒息させた陸奥小川原開発の枯れ草原に群盗が行き交った名残の空を薄い血反吐のような夕陽が揺らめき沈む

密閉された円環運動のわずかな切れ目万分の一ミリの
ぱっくり開いた距離が果てしなく遠い核燃料リサイク
ルの裂け目虚無の谷間で人間が神を生む七色の妊娠幻
想に取り憑かれた不夜城に雪が霏々と降る荒野を彷徨
う魂が犇めき北の季節の円環はその重さで歪んでいる

桜が散り敷く土を掘り返し捨てる国の雲や鳥が滲み移
ろう風景は拭われて無機質な時間に浸食され塗り籠め
られた野犬の影倒れた馬の目が凍てつき今日の事柄の
賑わいを失った街並の巨大な底抜けの穴に青空から黒
く縮れた花びらが止めどなく散り続ける季節の裂け目

夕べに結び旦に消える者が時間を管理する肥大した妄
念の行き着く場所は疲労と自嘲に塗れた冷たい寝台眠
ったままの寂滅を唯一の希望とする怠惰な脳髄が巡ら
した錆びた鉄条網その奥に深閑として風化し続ける永
遠が砦のように明滅する三万年後の列島の北辺の原野

豊葦原を鳥が渡り星明かりに導かれた翼が夜を揺らす
たおやかでほの白い意志の連なりが北の海峡を越える
太古の声が降る色浅い春草の海辺の大地に埋められる
ドラム缶に詰め込まれた無言の狂気鳥の隊列が大きく
海へ傾いて不意の落下を支えようと鳥たちの翼が軋む

新年

茫洋と水面ににじむ影のように乱れて消えてはまた現
れる雲でもない草でもない河童でもない時の流れを漂
い浮かんでは沈み沈んでは浮かぶうす暗い澱みに潜む
在来種か外来種か不明な系譜新たな年の澄み切った空
の底深くから地上へ時の差配人の影がゆっくり伸びる

土手の上を明かりが行く一つひとつが小さく揺らめい
てそれにしても並んだ火の冷たさは亡霊の祭り火か地
にあるもの木にあるもの水にあるものたちが切り倒さ
れひねり潰されて狐火のように引かれていくのだ土手
の向こうの川原の石に点々と乾いた血の跡が残される

まき散らされた骨片のようなトウキョウ血抜きされた
言葉が軽やかに舞いひと欠けの砂糖を求めて当て所な
い蟻の群れが行き交う路面の下に賭殺された夜ごとの
夢が犇めき流れている石灰質の巨大な蓋のようなトウ
キョウの罅割れた時間をぽろぽろ落ちていく大和黒蟻

水に囲まれた箱庭のような森切り詰められ整えられた
盆栽の雫のような五音七音褪せた苔を風が吹き抜けて
下草の暗がりに潜む鬱をなだめるかぼそい歌声控えめ
に漂白された魂の花紅葉が箱庭をうずめ呪文のように
拍節が季節を刻む庭の主の影が朝日に隠れて見えない

うっすらと血の臭いが漂う山川に囲まれ砂漠化する都
市へ向かう送電線が寒風に唸りを上げて揺れるすでに
神々が去り木も月も枯れ始めた空をぴかぴか歪んだ朝
日が昇る分厚い炉の底に閉じ込められた火球のような
太陽箱庭に裾引く山の頂の新しい時は今もまだ白いか

荒地

大地の黙りこくった皺深い横面を札束でひっぱたき草一本までむしり取った奴飢えと貧困の歴史の尊厳を踏みにじり火を放ち都会を明々と照らすもの大地と太陽の鳴動を封じ込めなすすべを強奪し捨てた荒れ地の抜けるような青空の下で人間が自らの手で生涯を閉じる

線路は途絶え時間が巨大な岩のように行く手を塞いで
いる萌え始めた緑のさやぎ冬枯れた野のただ中をくぐ
った向こうの故郷まで幾筋もの川を音立てて渡る幻影
のような稲田の無人駅に線路はまだあるか水は流れて
いるか分厚い時間がくもり硝子のように私を隔離する

巻きつけた布から止めどなく滲み出るさび色の体液の
脇腹を突いたのは誰だ鋭利な槍持つ者が薄暗い狡知に
跨がり無限神話の神を生け捕ろうと突進し突き刺した
のは豪奢な色紙を重ねた張り子のような近代日本手応
えもなく胴体に開いた穴からさび色の無があふれ出る

海に呑まれた命の柔らかな終末を踏みにじって恥じない文化国家の皮いちまい下には忘却の海が深く澄み渡る弾丸のように撃ち込んだ命の記憶も海流のままに今ここの渚に打ち上げられた死には近づけず忘れましょうと風さえ歌うのは破れかぶれの原発のモニュメント

見上げてはいけない空の光と雲とは無傷のままなのだから肩先でそれを感じ目は地上を見ていなければならない功利を進歩の名で磨き上げる傲岸な人間の脳髄に火をかけ灰を掻き集め野花を添えて空の奥深く沈めることを思い草ほどの私という影を見捨ててはいけない

埋葬

訪問者は戸口に居座り太陽や空や風に値札を付けた鎮
守の杜は切られ泉は涸れた徴税人が慌ただしく駆け回
り崖が切り崩され新道が希望の光のように真っ直ぐに
村を照らした荒涼とした土地に据えられた巨大な炉に
畑や林は有刺鉄線でぐるぐる巻きにされ放り込まれた

うっすら春に染まる野に埋葬される汚れた国土四季の巡りに差し込まれる時間の途絶人々の影が向こう側へそっと閉じられる自国の無残を強いられた者梢にそよぐ神々を鋼の刃に掛け先祖の地もろとも虚ろな穴に放り込み言霊の幸う国の埋め立てられた里山のまほろば

埋葬の儀式はこれから幾万年一系の裔として営々と墓を掘る穴だらけの島の国豊葦原をなぎ倒し深く掘られた穴に干からびた神々を黒ずんだ雪を錆びた夏の月を毟られた花を袋に詰め紐で括り放り込む墓守は途切れることない島の裔営々と俯き足元の穴を見つめ営々と

尖った風が野を突き刺し鳥たちが海の方へ流されてい
く陽が粉のように舞いことばを透明な膜が覆い始めて
いる日に叩かれて漂白される古地図の上で少女よ瞳に
映る赤く硬い木の実を噛め少年よ川を遡る魚を捕らえ
よ撚れた地図の窪地に湧く泉の傍に生命の木を植えよ

皮膚をはぎ取られ日々乾いていく大地トラックに積み
込まれた土という名のゴミが隊列を成し地下深く運ば
れる沸騰する記憶沈黙のマグマ忘却と喧噪を希望とし
今日を遣り過ごす都会の空を白い鳥が渡る降りしきる
雪の国の変わらない風と水の記憶を一系の希望にして

空

糸が切れた凧が空を埋めカサカサ音立て犇めいている
地を離れたものたち行き場なく留まるものよ昨日の空
を失い彷徨う記憶の糸が荒れた街の路上に垂れ泳いで
いる凧にも流されず身を捩りカサカサぶつかり合いな
がら人気ない田畑や屋根の上に薄い影を落としている

鉱毒で汚れた村を埋めた明治地層有機水銀廃液の海と
汚染魚を埋めた昭和地層原発を爆発させ国土を壊し地
表をはぎ取り積み上げた平成地層これらの地層ででき
た島に聳えるシンボルタワー埋め立て地の空を虹色に
染め上げ身を捩るように少しずつ海溝へ向かっている

引き剝がされた顔が亡霊のように彷徨いひび割れた地
面にぺんぺん草が生えて顔をなくした街がぽっかりと
無言の広場となり時間が刳り抜かれ捨てられた三万年
後の巨大石棺群跡に人の存在を証明する未来の考古学
この地層から炭化した顔のような風の影が発掘される

空からときおり垂れる黒い滴が眠りを欲するわたしの
瞼をしきりに叩くわたしは夢見心地に揺すられ忘却の
水路を流されながら根無し草の花の香りの中で今日も
希望のような挨拶を交わし頭の上ではカサカサ雲がう
るさい黒い滴が半開きの瞼を叩き続ける不眠の真昼だ

ご破算されて雲もない新年の空に凧があがる忘却の深
さほどの高さに吸われるように手を離れもう見えない
雲の上の颪は強く今日を昨日へとせわしなく吹き遣り
凧は流され遠い山間に吹き溜まる日焼けし破れた凧が
犇めき時折ゆっくり落下するこの国の捨てられる記憶

盛夏

廃液に犯された魚を屠る聖なる儀式を朝夕に神々に捧
げた自責から閉め切った暗がりで命が果てる無言を素
通りして高層ビルの一室に滑り出る紙一枚の最後通告
神々の震える唇が語る呪詛の歴史を扼殺して遠い国の
扉が閉じる水俣の空をいまことさらに銀魚が渡る盛夏

強いられた死者たちの眠りは浅く海の底の骨塚を山砂
で埋め固めた広場は筒抜けの広大な空虚私の臓腑を風
の手が引きちぎる頭上で麻痺した鳥たちが翼をねじっ
て彼方に落ちる四方から拒絶された私の影が地面を這
い方位を見失った敷地の真ん中に箱船は裏返っている

事あれば地図に書かれた円外へ幾十万の隊列で追い落
とされる棄民予備軍の未来図を描く狂気によってマッ
チが擦られた断層の上の付け火脱毛した猿の目の奥に
揺れる永遠への幻覚がまだ収まらない原子の火の残夢
にまみれたヤマトシジミの体内で太古の空が暗く陰る

国の民という追われた民が国土の隙間に消え地図が滲むように薄くなる陥没する大地に向日葵が咲く比喩された太陽の群落太陽の穂先を盗んだ者によって汚された大地へのいっときの献花種を蒔いた者は帰って来ない壊れた季節が民の消えた白地図を黄色に塗りつぶす

花火が上がる湖畔の夏の風物詩火の奥の闇を見つめるために来たのだ華やかな明滅の傍に大きな月音のない控えめな強さ島々を山野を街並みを照らし私の心の底をからんと明るませ文明によって沈下した場所へ光が降る箸を操る手元ささやき合う唇夢の中に光が伸びる

島

この島は拭き取った白刃のように美しい空と雲とを映
して時間がめぐる汚れや傷は塗り潰され不都合な記憶
をしまった頭は切り離され断崖から投げ込まれる波は
いつも岩場を洗って痕跡を残さない中央広場で裁かれ
処刑された大罪人血で濡れた夏草がまた刈り込まれる

焼野原原子爆弾原発爆発亡ビマセン亡ビルマデハ強い
られた餓死と病死の累々たる屍も忘れはてこの島の四
季は美しい島を包んだ燎原の火煙セピア色のキノコ雲
口が開いた原子炉の水蒸気雲の如く音もなく遠ざかり
秋の夜長の睡魔とともに今夜も記憶の糸が切断される

安全第一爆発事故避難訓練国家責任陳謝遺憾長い幕が
日本晴れの空から垂れている麗々しく墨書された洗い
立ての褌のように風に吹かれているこの清明な目出度
さを幼子が唄う明カリヲツケマショ原発ニドカント一
発ハゲ頭五人囃子モ死ンジャッタ今日ハ悲シイオ葬式

漂流する海月のような島おまえの骨は波に揺られて溶
け脳髄もどこかへ行ってしまったどのような光景も罪
悪も透明な皮膚を月の光のように通過する飲みこんだ
針にも気がつかず足の先まで詰まっている旺盛な食欲
東の海に浮かぶだらしないスカートのような借金大国

法の境界を足で消し爪先で都合よく境界線を引く島の
酋長私が酋長だと一族郎党を従えて慎ましい民家を荒
らしては新しい境界線を引いていく地下深く溜まった
マグマに溶ける前に島は輪郭を失い記憶を持たない原
子力発電所が威風堂々と遣り場のない糞を出し続ける

杭

季節が記憶を裏切ることを覚えたのはいつだ人間を侮
蔑しながら張り子の虎のように雨に濡れて溶けていっ
た祖国の背骨のテニヲハは潰れた軟骨のように今日と
明日との繋ぎ目が見えない桜の下の曖昧な宴いつの間
にか周りに杭が打たれ桜の木は少しずつ切り倒される

杭が海岸線に打ち込まれ村に箝口令が敷かれた小川の
水は月明かりとささやき稲の穂先はひそひそ揺れてあ
ちこちの土が身じろぎし新しい火の神を迎えた村の衛
兵たちが戸口に立ったその晩静まり返った畑に季節は
ずれの霜が降りた野菜は萎れ杭が墓標のように並んだ

杭を中心に円で囲まれた荒ぶる火の神の支配する放牧
地から逃げ出す計画を練っている羊たちソンナコトハ
ナイケレド責任ヲモッテ追放シマスという変態接続法
を駆使し縮れ毛の尻に鞭を当てる羊たちの目は虚空に
泳ぎ鳴き声はもつれながら整然と海へ追い落とされる

生々しく雨に濡れた杭日本列島の岩盤の継ぎ目に沿っ
て突っ立てられた杭有刺鉄線で幾重にも巻きつけられ
吹き飛ばされ地面に突き刺さった杭岩盤がずれるたび
に捩れて軋み抜こうとして抜けない杭が眠りに落ちた
記憶を引き裂き干上がった夢のクレーターへ落下する

俺の舌に打ち込まれる杭の一撃痙攣する桃色の舌先を
舞うアからンまでの花びらが貼りついて呑み込めない
喉元に粘液質の痰が込み上げる分節化されない韻律の
黒い固まりを舌先を尖らせ虚空へ吐き飛ばす沈黙に溶
けた祖国を確認するために曖昧な海岸線の地図の上に

地震・津波と原発、この相容れぬもの

哲学はさまざまな現象について、「何故か」と問う行為である。このことは、日本人の不得意とすることの一つではないだろうか。そもそも哲学は日本において発達したとはいえず、従って、その多くは西洋哲学を日本語で輸入すること、即ち、翻訳語を用いて考えることが、哲学することであった。日本の哲学の多くが、西洋哲学の解釈や解説にとどまるのはやむを得ないかもしれない。

哲学が発達しない理由ははっきりとはいえないが、物・事を対立的に考え、区分しつつ厳密に考えることに意義を見出しにくい社会構造なのかもしれない。あるいは、厳密に考えることを必要としない社会であったともいえる。厳密に考えるには、絶対としての「真理」が前提であり、真理のための議論が不可欠である。少なくとも日本においては、このような絶対を育んではこなかったように思える。

しかし、哲学が厳密な思考を特徴とするならば、詩もまた緊密なことばの運びを要求されることはもちろんである。表現はいずれにあっても厳密を志向する。問題は詩と哲学との関係であるが、哲学的内容を詩の形式で語る場合もあるし、詩的内容を哲学が語る場合もある。しかし、ここでいうのは、そのようなことではなく、「ことば」自体が含み持つ「詩」と「哲学」の問題である。現実の、あるいは日常の矛盾を一挙にのり超えて、それを見晴るかす地平に進み出るためには、直観が必要であり、連想的、詩的直感力はけして哲学の論理性と矛盾するものではない。むしろ、詩的直感が論理を先導する場合すらある。ある種のイメージや連想が哲学を支える場合もある。プラトンの「洞窟」、パスカルの「考える葦」、ニーチェの「超人」などはいうに及ばず、論理の隅々において、連想とイメージは不可分に論理を支えているといえるだろう。

ところで、現代日本において、もっとも求められているのは、他ならぬことばの厳密性である。ことばを厳密に使おうとする、ことばへの真摯な姿勢である。東日本大震災における原発事故は、日本社会のことばがいかに脆弱で、ご都合主義に陥っているかを痛感させることになった。曖昧で詐欺的とも思えることばが、政治家、官僚、企業人のトップのみならず、学者の思考をも占拠し、利害と保身の道具と成り下がっているのは、まさに日本社会における真っ当な思考の欠落を目の当たりにした感がある。これは、知識の問題ではない。

人間の生活を真摯に認識しようという態度の問題、換言すれば、「生活の厚み」への想像力の問題である。生活を象る論理とは何か、論理は生活とどのように向き合えるのかということについての、真摯な論理的な行為と、生活への闊達なイマジネーションが欠落しているのである。

現代日本におけることばの在り方を考えることと、詩のことばを模索することとは無縁ではない。詩の足腰を強めるためには、日本をとりまくことばの現状を把握することが重要である。何故なら、詩のことばは、我々を取り巻き流布していることばとの距離感によって支えられるからである。よって、以下に、原発事故を中心に、詩とのまっとうな出会い方を阻害することばの状況を考察し、自らことばを鍛える手がかりとしたい。

平成23年3月11日、東日本は未曾有の災害を被った。地震による家屋の倒壊やライフラインの途絶、東日本の沿岸部を中心にした津波の被害は、大きな打撃と悲嘆を、多くの人々にもたらすこととなった。加えて、福島第一原子力発電所の爆発事故は、世界の原発事故史上最悪のレベルに達した。

大都市の知事は、地震・津波による被害を「天罰だ」といったが、このことばが忘れかけていた感覚を思い出させてくれた。それは、これまで日本人が地震・津波を「天罰」として受け取り、忍従してきた、村落共同体の情念の歴史を想起させるものであった。同時に、このようなことばが、東京という大都市の首長の口から出て来たことは、「天罰」が妙に乾いた、すでに埋められてしまったことばの掘り返しのように思われた。それだけに、現代社会の一面を映すことになったように思う。

「天罰」は、地震と津波に対することばとしては、かつては意味をもっていた。今回は、地震・津波がこれまでの歴史にはなかった原発事故と連動したことが、事を複雑にしている。地震・津波・原発事故は一連の因果関係で結ぶことができるが、これらをひっくるめて、はたして比喩的にも「天罰」ということはできるのか、という素朴な疑問が私のなかに頭をもたげた。

最新の科学技術としての原発が田舎にあることと、大都市の首長が忍従的「天罰」を口にすることは、倒立的に対応している。この倒立した田舎と都会が、細い送電線で繋がれているというのであれば、これは現代の危うさの象徴的な光景といえる。田舎が原発という最新技術によって電気をつくり、生産において無能な都会はひたすらこれを消費する。都会は、危うい臍の緒で原発とつながり、村落的天恵感覚で恩恵を享受する。そこには徹底した受動的消費感覚が働いており、しかも、本来「天」に抱く畏敬の念も、原発を生活の中に抱える田舎への想像力も、農畜産漁業者への想像力も稀薄である。

そもそも、とくに都会にあっては、「天」は、もはや文字通りの比喩としてしか成立しない。東京電力福島第一原発が危機的な状況にあることが分かったとき、「天罰」を真面目に語った（と思われる）大都会の首長も、いずれ「天罰」は、不用意なことばとして、地震・津波にさかのぼって否定訂正しなければならなかった。狭い因果関係をあえて持ち込めば、原発事故もまた地震・津波と連動した「天」のことに違いない。しかしこの「天罰」のおおもとは都会の消費社会にある。地震・津波はたとえ「天」のことであっても、原発事故は「人」のことでもある。「天」を語る因果関係にあって、原発事故は違和としてその存在を主張してこざるを得ない。「天罰」は、送電線の途中のどこかに、居心地悪くぶら下がっている。

＊

地震とそれに伴う津波に対する防災上の問題はあるにしても、基本的に地震も津波も根を断つことは不可能である。地震も津波もあることは知りながらも、そこで生活し続けることは、人間の歴史・文化という枠組みのなかで生きることでもあり、個人の選択の問題では必ずしもない。このように人々は生きてきたのであり、少なくともデータを細かく分析しながら、選択的に生活してきたのではない。

我々は、職業あるいは住居について、選択の自由をそれほど積極的に発揮できる環境にあるわけではない。とくに「田舎」にあっては、現在を先祖が享受し続けた宿命の帰結として受け止め、先祖への思いと共に現在の生活を受け止めていればこそ、とくに海辺の民として、あるいは農作物の作り手として、誇りをもって生活することができる。個人を越えた、先祖の歴史的持続性が、その共同体の基本的な基盤となっている。住居を変え職業を変えながら生活する、多くの都市生活者とは基本的に違う。

このような生活基盤を一挙に破壊し、生活者もろともさらったのが、地震であり津波である。この光景を目の当たりにした第三者は、いつものことながら、当事者の悲しみや苦しみからおいてけぼりを喰わされる。地震と津波という自然の力の前に、人間の無力とはかなさを、いつものように噛みしめて、この事実に向き合うしかない。しかし、ここにはまだ未来を想像する余地が残されてる。被災した多くの人たちと心を一つにして、何とか生活を取り戻すことができるように、努力したいという意欲が私の中には存在する。これを希望と名付けてもいいかもしれない。自然の暴力を反転させる力がここには存在する。事は容易ではないが、時間をかけて、ゆっくり確実に、共同性をもとの場所に取り戻せるように、その時間経過の幾分でも共有したいと思う。建物は消失し、土地は塩水につかっているが、土地そのものは、依然としてそこにあり、これまでもそうであったであろうように、新たな歴史が刻まれることを待っている。地震と津波を受けても、おそらく無傷な地霊が、泥にまみれながら何食わぬ顔で人間を待っているのである。だからこそ、そこで失われた命を、そこを墓所として祈ろうとするのであり、鎮魂の儀礼も成立する。

一方、原発事故は、住民を追放し、土地の歴史的文化的持続性を無化する。もちろん、もたらされた災害は、人が作り、受容することを容認してきた科学技術によるものである。この事態にどのように向き合えばいいのか。もちろん、元の場所での共同性の復活を共に願う気持ちに変わりはない。しかし、ここには、時間の持続性が断ち切られたという、地震や津波の被害とは明確に違う何かが入り込んでいることは否定できない。

原発事故に戸惑う理由の一つは、人類の歴史が育てた知のあり方そのものに、祈りはいかに向き合うかという、この一見ミスマッチな事柄が要求されるからである。全能神についてはこういうかも知れない。「人間の愚かさはすでにバベルの塔が予言している」と。科学技術を人間の終末への営みとして捉え、「事故」を神の裁きとして受容するかもしれない。しかし、少なくとも二つの事柄を、人間的立場から考える必要がある。一つは「人間の愚かさ」への抵抗であり、もう一つは「裁きの理不尽」への抵抗である。

確かに人間は愚かであり、愚かさを知りながら同じ事を懲りずに繰り返すのかもしれない。だからこそ、愚かさをいかに克服し得るのかを、考え、共有する努力が要求されるのであり、ここに歴史と文化への尊敬の念と憧憬が初めて頭をもたげてくる。個人的な愚かさから国家的な愚かさまで、受容と拒否を幾重にも重ねながら、人間は文化を生み出してきたに違いない。知的興味と欲動を突出させながらも、愚かさへの絶えざる抵抗は、持続的な文化が存在し得る要件である。「裁きの理不尽」は、神との距離感によって意味づけが違ってこよう。さし当たり私の立場からいうならば、「裁きの理不尽」について為すべきことは、神を審問し続けること、そうすることで人間の尊厳を保持することである。おそらく、神は無傷のまま私の審問を逃れるであろう。だからこそ、神を問うのであり、問い続けたいと思うのである。

福島の原発事故は、今のところ目の前に死が露骨に現前することはない。それゆえに、やがてやってくるかも知れない確率的な死を、死の一般性の内に抱え込むことも難しい。従って、死者への祈りの心は中有を漂流し続ける。それとは別に、津波によって亡くなられた人々に、祈りの声は届いているのだろうか。津波で命を奪われた遺体に近づくことも、手元に引き取ることもできない。そこに放置されたままの死は、むしろ、祈りを拒絶し、向こう側からこちらを見つめているように思えてならない。私のなかには、ぼんやりとした東洋的死生観が息づいている。魂鎮め、あるいは往生、あるいは浄土、仏、これらのことばが曖昧に混在しながら、ぼんやりとした宗教的雰囲気をつくりあげている。この霞のようなスクリーンに映し出されるものは、萎えて沈黙する地霊であり、海辺に放置された霊である。

原発事故に向き合うことができるのは、神を介してではないし、仏を介してでもない。人間の感情と知性だけがその正面に立つことができる。真っ当な生活感情と、社会のあり方を求める知性によって、原発事故は初めて受け止められ、未来化される。

＊

原発事故は、事業者と行政が生産性を優先させ、真の国民的な利益を軽視する、明治期以来の企業論理が今に生きていることを物語っている。明治20年代に問題化する「渡良瀬川鉱毒事件」では、足尾銅山における銅の採掘精錬による鉱毒が渡良瀬川沿岸の農漁民の生活を奪い、谷中村を水没させるということが、政策という名の下に決行された。この明らかな政府主導による国土喪失は、福島の放射能被害による国土喪失と重なる。また、「水俣病事件」は不知火海一帯を中心に甚大な被害をもたらしたが、その日本窒素肥料株式会社は明治期に曾木電気として出発している。事件が表面化するのは戦後であるが、大正期にすでに漁業被害が出ており、以後原因究明の過程でさまざまな障害物が企業と行政と学者によって意図的に持ち出されてきた。その結果不知火海という豊かな海洋資源の宝庫を失い、患者とその家族はそこにあったはずの人生を失ったのである。「水俣病事件」と福島原発事故との危惧される類似性は、とくに次の二点である。一つは、原発事故が広範囲な海洋汚染をもたらしていること。これは今後ますます広がりその深刻さが増すであろう。そしてこれは、日本の海産物（原発の場合は農畜産物も含む）に甚大な被害を及ぼし、放射性物質の濃縮による人体被害が危惧される。もう一つは、放射線被曝による差別である。社会が水俣病患者を排除し、また水俣病であることを患者自身が拒否したように、原発事故についても排除と拒否が広がることが懸念される。それは、人間のつながりの分断であり、それまで積み上げた共同性の崩壊を意味する。これらのことをいかに阻止するか、我々の姿勢が問われている。

＊

このような状況にあって、被災した人々との距離を縮めることは可能であろうか。いちがいに否定できるものではないが、「頑張ろう日本」の空虚さ、「絆」の無表情、「応援している」の無力さ。これらのことばを介して被災した人々との間に真っ当な関係を構築できるとは思えない。ここには紋切り型の言いっぱなしがあるだけであり、だからこそ、マスメディアにのって流布することが可能なのである。しかし、我々に課せられていることは、紋切り型のことばを退けて、自分のことばで思いを語ることである。第三者として、そこには一種の後ろめたさがあることは否めないが、そもそも第三者が被災当事者に重なることが不可であるとすれば、重要なことは、既成のことばで遣り過ごすことではなく、そこに止まり当事者との距離を明確化することであろう。

　しかし、事はそう易しくはない。ことばは分かり易く、しかも短い方が良いとなれば、紋切り型になることは必然である。その口当たりの良さがもたらすものは、複雑な現実との安易な和解であり、問題の入口での思考停止である。マスメディアの執拗な短句反復に抗して、自分が身をもって現実に向き合うには何が必要か。それは人間の基本的な感情ではなかろうか。多くの場合、感情が発露されるのは、私的な事柄に関してであって、公的な事柄にあってではない。公的な場にあっては、論理の透明性が要求されるので、感情はその濁り故にできるだけ回避される傾向にある。しかし、透明性を要求されることに慣れてしまうと、感情そのものを軽視して、感情自体を抑え込み遣り過ごすことが、いつの間にか身についてしまう。感情は退けられて、理知が優先され、感情はいつの間にか後ろめたさとして、肉体の隅に追いやられる。マスメディアは一見感情を掬い取っているようで、均一的なことばに感情を脱色し委託することを迫っているだけである。

感情をことばによって透明化し、論理的であろうとすることは、共同性を形成するためには必要なことである。しかし、共同性をことばで獲得した途端に、個的な感情は一般化され、その色と濁りは薄められてしまう。被災者が被っている理不尽を、被災者自身が語ろうとするときに、ことばが出て来れば出てくるほどに、当人の思いとは離れていくような戸惑いが、その顔に広がっていくと感じるのは、私だけだろうか。

私は、福島の被災者の感情そのものを共有できるはずもない。感情を脱色した透明な客観性を帯びたことばならば、私も語れるし、当然それを語る権利もある。しかし、ここには、「福島について説明する」人間はいても、「福島を語る」人間がいるとはいえない。そこには自分と「福島」との共鳴的な距離が存在しない。自分自身の距離を獲得しようとするならば、起点とするのは、あくまでも、「福島」という遠さへの想像力に基づく個的な感情である。

私はあえて、怒りという感情を改めて意義づけたい。「私」を「公」へ向けて開いていくやり方は多々あるが、「私」の怒りを「公」としてのことばへと鍛錬していくこと、これがさし当たり私に課せられた義務である。それは、理不尽に対する抗議であり、抵抗である。福島原発事故に関していえば、理不尽に対する利益集団に不都合なことは想定することをあえて避け、やるべきことをやらず、利益第一主義を貫いた傲慢さに対する抗議であり、あるいは、立地過程や労働条件にかかわる理不尽さへの抗議である。「福島」に第三者が正当な距離で向き合えるのは、第三者が素朴な怒りの感情を「公」的ことばへと鍛錬することによってであり、「私」のことばは怒りをくぐって初めて、「福島」へたどり着くことができるだろう。そこには日常を無警戒に受容してきた自分自身への抗議も含まれている。

怒りという身体性が無化されたことばの典型には、ある種の専門家と呼ばれる学者、評論家の説明的言述がある。説明自体には不用意な感情が入ってはいけないが、しかし、何故、今、ここで、説明しなければならないのかという、必然的な動機がなければ、説明自体が成り立たない。福島原発で何が起きているのかを説明するとすれば、説明に臨む動機は何なのか、説明という行為を支え、自らに説明を迫るものは何なのかを、顧みることから出発しなければならない。時として、学者や評論家が無責任としてやり玉に挙がるのは、彼らのことば自体が無責任というよりも、説明・批評行為の動機づけが明確でないことにある。説明は、主に仕組みや働きといった、そのもの自体の構造や機能に焦点化される。そのこと自体は、物事を理解するための手がかりとしては重要である。しかし、それだけではことばとして充分ではない場合がある。世間から隔離された、無菌室に近い空間にあっては、これで充分ではあっても、一般社会の生活者は、研究室のような無菌的、純粋培養に適した抽象的な空間にいるわけではない。それぞれの立場で、それぞれの思いで、日々の生活を自己の身体性を通して送っているのであり、「福島」は、現在、そのような身体の濃縮された場所に他ならない。そこには、戸惑い、諦め、悔恨、怒り、悲しみ、絶望、希望など、さまざまな感情が交錯し、折り重なっている。このような場所に向けて、説明がなされるとき、今そこにある身体にどのように向き合っていくのかということを、その場に臨む説明者は無視することはできないし、してはならない。

近代は、自然に対しても、人間に対しても、理知によって自由に操作できると考える傾向が強い。理知は、外部の自然を利用可能な道具として捉えると同時に、人間の内なる自然を操作可能な対象として捉える。このとき感情は、効率性に向けて操作される限りにおいて、人間関係を円滑化させる限りにおいて、社会的な価値を持たされる。感情の濁りは、濾過されてしまう。今求められていることは、感情の濁り即ち原質としての自然性の回復であり、それは、人間を対象化し、身体性を透明化へ向けて操作する知のあり方への抵抗を意味する。

ある者は、悲観的に、ある者は楽天的に、自分の感情を吐露するかもしれない。しかし、いずれにしろ、重要なのは、一人一人が自分の位置を、感情のあり方と共に自らに問い、怒りを他者へ向けて開いていくことである。感情をことばに映しつつ、いかに感情を色濃くして事に向き合うか。それは、自分の思想性の質を枠取り、ことばの展開の方向性を決定することに他ならない。少なくとも、感情を無にし、立ち場を保留したところからは、現に進行している具体的な事柄に関する思想性は生まれない。

＊

知性は、厳密な論理の行使と事象との誠実な向き合いによって成り立っている。限界を認識しつつ精密な論理を展開すること、拠って立つ事象とのつき合わせによって論理と事象との往還を忘れないこと、真っ当な知はこれらのことによって初めて保証されよう。論理の厳密性が、具体的な事象および人々の生活とは無関係に成立するとすることは、ともすれば、知の抽象化と閉鎖的サークル化へ拍車をかけることになる。その結果、現実の事象から孤立し、その孤立をもって知のあるべき姿とし、専門のサークルに閉じられた「専門村」ができる。これが文系ならばまだ被害は少ない。もっとも、このような文系サークルはいずれは消滅する。理系とくに技術系の場合は、社会とのつながりが緊密なだけに、論理の厳密さと同時に技術への転用についても、ことさらに慎重な態度が要求される。福島原発事故についていえることは、「想定外」ということばが示すように、論理と生活のつながりがそもそも破断しており、論理自体も、被曝線量の問題だけを見ても、きわめて不安定である。技術的にも学問的にも全うな知が成立しておらず、そもそも原発内部にあって、知そのものが機能していなかったのである。それは、知が、独占的な経済機構のなかに収奪され、強引に生活の中にねじ込まれたことと無関係ではない。そこにある生活という事象の封殺こそが、傲慢な知的利権集団を成立させ、あるべき知を阻害し、果ては文化・歴史という生活事象を破壊する結果をもたらすこととなったのである。

近代日本の知のあり方は、ことさらに生活感情から隔絶したところに成立している感がある。近代知の基礎が、多くは翻訳語に負っていることを考えれば、大体は推測できる。生活によって育まれたことばを土壌にして育ったことばではなく、西洋から輸入したにわか「言語」は、生活と対峙した思想を語れるかという問題がある。二葉亭四迷によれば、翻訳語を使う限りは、ことばと生活とのズレは避けられず、従って正確な思考は不可能だということになる。夏目漱石も、知と生活との隔絶に気づいていた作家である。

『我輩は猫である』は、苦沙彌先生を中心に、学者先生たちの談義を「猫」の視点を借りて語り、批評するかたちをとっている。もちろん苦沙彌先生一派は、ほとんどが文系学者なので利権にはほど遠い、純な学者肌の人たちである。それだけに、世の中からの孤立感は深い。彼らは苦沙彌先生の部屋の中で、井戸端会議ならぬ卓袱台論議を展開する。彼らの批評は世の中一般さまざまなことが対象となるが、一向に世の中に効果を発揮する気配はない。彼らは、そのような世の中に憤慨する。知が持つ権威を理解しない世の中を憤るが、そうすればするほどに、「猫」の目からすれば彼らのばかばかしさが際立ってくる。

　ここには、学問知と世の中との如何ともしがたい断絶が暗示されている。おのおのが違う原理で動いており、互いの関連性が見えない。学者のいうことは世の中にとっては三文の価値もないし、逆に、世の中は学者にとっては無知蒙昧の集合体である。苦沙彌先生は苛立ち癇癪を起こす。知性的であるはずの苦沙彌先生が癇癪を起こすのは、知が世の中の生活感情と同調し共鳴しあう場を共有したいと思いながら、それができないからである。知が世の中の生活感情と共鳴し合うためには、学問と生活とが異質性を保ちながらも、適当な距離感をつくる必要がある。しかし、両者は係わり合わない別々の原理で動き、学問は閉ざされた論理、即ち、「猫」から見れば翻訳語による屁理屈を原理とし、一方、世の中は金銭を原理としている。「猫」は学者先生の知的論理の不能性を揶揄し、苦沙彌先生たちは実利主義的な世の中を、金銭主義への身売りとして批判する。

苦沙彌先生の「癇癪」は、行き場を失った知の自爆といえよう。それが抑圧された身体性の発露であるとすれば、身体は、本来的に批評的情状性としての身構えを持っているといえる。そして知は、決してこのような情状性と切り放された透明なものではない。

全うな生活感情を学問から切り離し、知的抽象性に閉じこもる傾向は、現実という矛盾態と向き合わず、そうあるはずという内輪の同意を前提とした、自己完結型の思考によって助長される。自己完結型の思考に慣れてしまうと、当然のことながら破綻を恐れ、対立的な考え方を排除するようになる。そこには「あうんの呼吸」という透明性が価値とされ、それを濁すことは許されない。今、改めて知に求められているのは、「自己完結型」の知を、生活という素朴な事象に向けて開いていく想像力、生活感情への想像力なのである。苦沙彌先生の苦悩もまた、卓袱台会議的自己完結型の知をいかにのり超えるかにあったはずである。

*

現実的問題に直面しているにもかかわらず、生活感情が脱色された知は、その抽象性故に、他者からの批判をかわしながら、自ら仮構した枠組みに閉じこもる。このようなことばは、利害を同じくする発想の中に容易に取り込まれ、果ては、思考停止に陥っていく。こうして、抽象性は具体性を帯びることなく、現実に向き合うことばから遠く離れ、ことばは空を切り続ける。日本はいま、このようなことばによって占拠されつつあるのではなかろうか。詩と哲学の問題は、我々の生活のなかでことばをいかに実質化するかという、ことばの基本的な力の回復の問題に他ならないのである。

詩と哲学の問題は、詩と哲学を既定の命題として出発するのではなく、自分自身のことばが、現実とどのように向き合っているかを検証することから始めなければならない。現実という多様な、つかまえがたい現象を、どのようにすればくっきりとつかまえることができるか、自分の論理と想像力を駆使して努力することが、何よりも求められている。そのためには、おのれの全経験のなかに降りていき、おのれを存立させている基底部をまさぐりながら、ことばをおのれの外へ正確に押し出してみる意志を必要とする。その押し出し方に、活発な詩的イマジネーションが要請されるであろう。

＊

ずいぶん前のことになるが、女川から小さな船で、ふらりと出島《いづしま》に行ったことがある。出島は、南三陸金華山国定公園に属している。ライフラインがまだ回復していないことを、ロウソクの明かりで食事を取る家族の写真とともに、朝日新聞は伝えていた。女川町役場に問い合わせたところ、7月中旬ぐらいを目処に、船も行き交いができるだろうとのことである。確か女川から20分ほどではなかったか。印象深かったのは、夕焼けの空を背景にして海際まで迫っている、三陸の山々の美しさである。緩やかな曲線が、幾重にも影絵のように重なり、夕焼けの深みに漂っているような光景は、出島に残る古代の貝塚への思いと合わせて、えもいわれぬ美しさであった。その慎ましく、優美な、古代的ともいえる夕景のなかに何時までも浸っていたいと思った。

地震と津波と原発は、私のなかに畳み込まれていた遠い日の三陸の風景を、思い起こさせた。出島は夕焼けの幾重ものの稜線とともにある。そこに原発は、ない。

（二〇一一・六）

詩集　幻花の空

二〇一六年二月一二日初版発行

著　者　橋浦洋志
茨城県水戸市堀町二二五二—二三（〒三一〇—〇九〇三）

発行者　田村雅之

発行所　砂子屋書房
東京都千代田区内神田三—四—七（〒一〇一—〇〇四七）
電話〇三—三二五六—四七〇八　振替〇〇一三〇—二—九七六三一
URL http://www.sunagoya.com

組　版　はあどわあく

印　刷　長野印刷商工株式会社

製　本　渋谷文泉閣